AF384003

ISSÉ,

PASTORALE HEROIQUE,

REPRÉSENTÉE POUR LA PRÉMIERE FOIS
DEVANT SA MAJESTE',
à Trianon, le 17. de Decembre 1697.
PAR L'ACADEMIE ROYALE
DE MUSIQUE;

Remise au Théatre, augmentée de deux Actes, le Dimanche
quatorziéme jour d'Octobre 1708.

Ut Pastor Macareida possis Issen. *Ex Met. Lib. 6.*
Comme Apollon en Berger possis Issé. *Liv. 6. des Met.*

A PARIS,
Chez CHRISTOPHE BALLARD, seul Imprimeur du Roy
pour la Musique, ruë S. Jean de Beauvais, au Mont-Parnasse.

M. DCC VIII.
Avec Privilege, de Sa Majesté.
LE PRIX EST DE TRENTE SOLS.

A MONSEIGNEUR

LE DUC DE BOURGOGNE.

Igne Fils de LOUIS, Prince formé des Dieux
Pour illuftrer encor le Nom de tes Ayeux ;
Toy, qui de mille Exploits, l'honneur d'un nouvel âge,
Fais lire dans tes yeux l'infaillible préfage ;
Qui d'un Cœur héroïque en naiffant revêtu,
T'és propofé d'unir la Gloire & la Vertu ;
Souffre que mon genie ofe fous tes aufpices
D'un Travail, foible encor, confacrer les prémices.
Que ne peut-il bien-tôt, plus ami des beaux Arts,
T'offrir d'autres fujets dignes de tes regards ;
Peindre avec des traits d'or ou LOUIS ou ton Pere,
Et pour Toy, jeune Achile, écrire en jeune Homere.

EPISTRE.

Que ne puis-je déja dans des Vers immortels
Conduire ADELAïDE, au pied de nos Autels,
Y chanter ton Hymen triomphant de la Guerre,
L'Epoque, & le soûtien du Bonheur de la Terre.
Mais, encor loin d'atteindre à de si hauts sujets,
Il faut à ma foiblesse assortir mes projets.
Permets que m'élevant de matiere en matiere,
Je m'instruise à fournir une noble carriére.
Avant que de te suivre au milieu des dangers,
Souffre que m'occupant à chanter des Bergers,
Par degrez jusqu'à Toy je conduise mon stile.
Tel jadis, Tu le sçais, le celébre Virgile
Avant que de chanter Enée & ses exploits,
Fit sur des chalumeaux l'épreuve de sa voix.
Heureux! si dans l'espoir d'un plus parfait Ouvrage,
Tu daignois à ma Muse avancer ton suffrage;
Peut-être qu'animé par ce succés flatteur
Je hâterois de l'Art l'ordinaire lenteur,
Mon genie élevé par l'ardeur qui le guide
En prendroit chaque jour un effort plus rapide,
Et peut-être mes Vers chez nos derniers neveux
A l'aide de ton Nom rendroient le mien fameux.

CE Prologue eſt une allegorie, dont il eſt aiſé de découvrir les rapports. Le Jardin des Heſperides repreſente l'Abondance ; le Dragon qui en défend l'entrée y ſignifie la Guerre, qui ſuſpendant le Commerce, ferme aux Peuples qu'elle diviſe la voye de l'Abondance ; enfin Hercule, qui par la défaite du Dragon, rend ce Jardin acceſſible à tout le monde, eſt l'Image exacte du Roy, qui n'a vaincu tant de fois, que pour pouvoir terminer la Guerre, & rendre à ſes Peuples & à ſes Voiſins l'Abondance qu'ils ſouhaitoient.

Noms des Acteurs chantants dans les Chœurs du Prologue, & de la Paſtorale.

SECOND RANG.   PREMIER RANG.

MESDEMOISELLES

Baſſet.	Guillet.	De Belleville.	Dautrep.
Daulin.	Veron.	Laurent.	Boizée.
De Boiſé.			

MESSIEURS

Le Jeune.	Bertrand.	Corbie.	Deſmarts.
Mantienne.	Deſvoys.	Courteil.	Renard.
Cadot.	Paris.	Deſſouches.	Solé.
Lebel.	Buſeau.	Marianval-L.	Marianval-C.
Crêté.	Perere.	Verny.	Desjardins.
Raviné.			

PERSONNAGES
DU PROLOGUE.

LA PREMIERE HESPERIDE.
Mademoiselle Dun.

LE CHOEUR & TROUPE D'HESPERIDES.

HERCULE.   Monsieur Thevenard.

JUPITER.   Monsieur Hardoüin.

Troupe de Peuples.

UNE FEMME de la Troupe des Peuples.
Mademoiselle Dun.

UNE AUTRE FEMME.   Mademoiselle Heusé.

DIVERTISSEMENT
du Prologue.

HESPERIDES.

Mademoiselle Prevôt,
Mesdemoiselles Chaillou, Douville, Caré-L., Caré-C.,
le Maire, & Menés.

PEUPLES.

Messieurs Germain, Dumoulin-L., Ferand, Blondy,
Marcelle-L., & Javiliers.

On vend le Recueil général des Paroles
des Opera, en huit Volumes indouze,
ornez de Planches,   16. liv.

PROLOGUE.

Le Théatre représente le Jardin des Hesperides;
les Arbres sont chargez de fruits d'or, & l'on
découvre dans le fonds l'entrée de ce Jardin dé-
fenduë par un Dragon qui vomit incessamment
des flâmes.

SCENE PRÉMIERE.

LES HESPERIDES.

LA PREMIERE HESPERIDE.

Ous joüissons icy d'une douceur pro-
    fonde,
L'abondance en ces lieux regne de
    toutes parts ;
Nos Bois & nos Vergers offrent à
    nos regards
Les seuls biens qu'adore le Monde.

Leurs Fruits ſont enviez du reſte des Humains ;
Mais nous ne craignons rien du deſir qui les preſſe ;
    Et ce Dragon veille ſans ceſſe,
Pour ſauver nos Treſors de leurs prophanes mains.

Que de nos plus doux chants ces Jardins retentiſſent ;
Celébrons l'heureux ſort qui comble nos deſirs.
    Pour goûter de nouveaux plaiſirs,
Chantons ceux dont nos cœurs joüiſſent.

C H OE U R.

Que de nos plus doux chants ces Jardins retentiſſent ;
Celébrons l'heureux ſort qui comble nos deſirs.
    Pour goûter de nouveaux plaiſirs ,
Chantons ceux dont nos cœurs joüiſſent.

Les Hesperides forment la premiere Entrée.

LA PREMIERE HESPERIDE.

    De ce ſejour
    Nous chaſſons l'Amour ;
    Nôtre paix eſt certaine ,
    De ce ſejour
    Nous chaſſons l'Amour ,
    On n'y craint point ſa chaîne ;
    Les Jeux viennent tous
    S'y raſſembler pour nous ,
    Nous y goûtons un ſort plein d'appas.
    Il n'eſt point de peine
    Où l'Amour n'eſt pas.

SCENE

SCENE DEUXIÉME.

HERCULE, LES HESPERIDES.

Un bruit de Guerre interrompt les Jeux des Hesperides, & l'on découvre Hercule qui approche du Monstre.

LA PREMIERE HESPERIDE.

Quel sons ! quel bruit soudain ! Ciel ! quel Au-
  dacieux
  Vient chercher la mort en ces lieux ?

HERCULE combat le Monstre.

Monstre, servez nôtre colere;
Tombe nôtre Ennemy sous vos coups redoublez;
Hâtez-vous, hâtez-vous, frapez, percez, brûlez,
  Immolez-nous ce témeraire.

CHOEUR DES HESPERIDES.

Dieux ! quel malheur ! le Monstre perd la vie.
Nôtre Ennemy triomphe, évitons sa furie.

HERCULE.

Craignez-vous que mon bras vienne vous asservir,
Et faire de vos fruits un injuste pillage ?
  Non, je ne viens point les ravir,
Mais je veux que le monde avec vous les partage.

*Aprés avoir signalé tant de fois
Et ma Justice & ma Puissance,
Je ne pouvois pas mieux couronner mes exploits
Qu'en donnant aux Mortels la Paix & l'Abondance.*

*Mais quel éclat frape nos yeux?
C'est Jupiter qui descend en ces lieux.*

SCENE TROISIÉME.

JUPITER, HERCULE, LES HESPERIDES.

JUPITER.

*QUe ton bras se repose ainsi que mon Tonnerre.
Mon Fils, termine tes travaux,
Jouy toy-même du répos,
Que ta valeur donne à la Terre.*

*Venez, Peuples, accourez tous,
Joüissez de la Paix, celebrez sa victoire,
Les fruits en sont pour vous :
Il n'en veut que la gloire.*

SCENE QUATRIÉME.

JUPITER, HERCULE, LES HESPERIDES,
TROUPE DE PEUPLES.

CHOEUR DE PEUPLES.

ALlons, allons accourons tous,
Joüiſſons de la Paix, célebrons ſa victoire,
    Les fruits en ſont pour nous ;
    Il n'en veut que la gloire.
UNE FEMME de la Troupe des Peuples.
Que ces lieux ſont d'heureux aſiles,
Les Amours nous y ſuivent tous.
Les plaiſirs, pour être faciles,
N'en ont pas des charmes moins doux.

UNE AUTRE FEMME de la Troupe des Peuples.

Beaux lieux, brillez d'une beauté nouvelle,
Que les Ris & les Jeux augmentent vos attraits.
Amour, viens y regner, vien t'y joindre à la Paix,
    L'Abondance en ces lieux t'appelle.

CHOEUR.
Charmants Haut-bois, douces Muſettes,
Celébrez le répos qu'on rend à nos deſirs.
    Battez Tambours, ſonnez Trompettes,
N'annoncez plus la Guerre, annoncez les Plaiſirs.

JUPITER, à MERCURE.

Alcide, ce grand jour marqué par ta victoire
Assûre à l'Univers le sort le plus charmant.
        Plus d'un heureux évenement
En doit à l'avenir consacrer la mémoire.
        Quand, par un effort genereux,
Ton bras vient aux Mortels rendre une Paix profonde.
L'Himenée & l'Amour joignent des plus beaux nœuds
        Deux cœurs formez pour le bonheur du monde :
De cette auguste Fête, Apollon, prend le soin,
Viens, avec tous les Dieux, en être le témoin.

Fin du Prologue.

ACTEURS

DE LA PASTORALE.

APOLLON, *déguisé en Berger, sous le nom de Philemon.*   Monsieur Cochereau.

PAN, *déguisé en Berger, confident d'Apollon.*   Monsieur Dun.

HILAS, *Berger.*   Monsieur Thevenard.

Suite d'Hilas representant des Plaisirs.

UNE FEMME *de la suite des Plaisirs.*   Mademoiselle

ISSE', *Nymphe, fille de Macarée.* Mademoiselle Journet.

DORIS, *sœur d'Issé.*   Mademoiselle Poussin.

Troupe de Bergers, de Bergeres, de Pastres, & de Païsannes.

UN BERGER.   Monsieur Boutelou.

LE GRAND PRESTRE *de la Forest de Dodone.*   Monsieur Hardoüin.

Troupe de Ministres.

Troupe de Faunes, de Driades, de Silvains, & de Satyres.

UNE DRIADE.   Mademoiselle Heusé.

LE SOMMEIL.   Monsieur Buseau.

Troupe de Zéphirs.

Troupes d'Européens & d'Européennes.

UNE EUROPE'ENNE.   Mademoiselle Aubert.

Troupes d'Ameriquains & d'Ameriquaines.

UN AMERIQUAIN.   Monsieur Creté.

Troupe de Chinois & de Chinoises.

Troupes d'Egyptiens & d'Egyptiennes.

UNE EGYPTIENNE,   Mademoiselle Dun.

DIVERTISSEMENTS
de la Pastorale.

PRÉMIER ACTE.
PLAISIRS.
Messieurs Germain, Dumoulin-L., F-Dumoulin, Ferand,
& Blondy.
CHASSEUSES.
Mesdemoiselles Prevost, & Guyot.
NYMPHES.
Mesdemoiselles Douville, Menés, & Caré-C.

SECOND ACTE.

UN BERGER & UNE BERGERE.
Monsieur Balon, & Mademoiselle Prevost.
TROUPE DE BERGERES.
Mademoiselle Guyot,
Mesdemoiselles Caré-L., Caré-C., Douville, & Menés.
PASTRES.
Messieurs F.- Dumoulin, & P.- Dumoulin.

TROISIÉME ACTE.
FAUNES, & DRIADES.
Monsieur Balon,
Monsieur D- Dumoulin, & Mademoiselle Guyot,
Messieurs Marcelle-L., Javilier, Dangeville-L.,
& Dubreüille,
Mesdemoiselles Douville, le Maire, & Menés.

QUATRIÉME ACTE.

JEUX, & PLAISIRS.

Monſieur Dumoulin-L., & Mademoiſelle Chaillou:

JEUX.

Meſſieurs F-Dumoulin, P-Dumoulin, & Dangeville-C.

PLAISIRS.

Meſſieurs D-Dumoulin, Dangeville-L., & Dubreüille.

CINQUIÉME ACTE.

L'EUROPE.
Monſieur Blondy,

EUROPE'ENS.
Meſſieurs Germain, & Dumoulin-L.

EUROPE'ENNES.
Meſdemoiſelles le Maire, & Menés.

AMERIQUAINS.
Monſieur D-Dumoulin,
Meſſieurs F-Dumoulin, Dangeville-L., Dangeville-C.,
& Dubreüille.

CHINOIS.
Monſieur P-Dumoulin,
Meſſieurs Ferand, Marcelle-L., Javilier, Marcelle-C;
Gautro, & Richallet.

ISSE',

ISSÉ,

PASTORALE HEROIQUE.

Le Théatre représente un Hameau.

ACTE PREMIER.

SCENE PREMIERE.

APOLLON.

Uand on a souffert une fois
L'amoureux esclavage,
Ah! devroit-on s'exposer davantage
A gémir sous les mêmes Loix ?

La cruelle Daphné dedaigna ma tendresse ;
De mes ardents soûpirs, de mes soins empressez,
Mon cœur ne recüeillit qu'une affreuse tristesse.
Faut-il aimer encor? & n'est-ce pas assez
D'une malheureuse foiblesse ?

Quand on a souffert une fois
L'amoureux esclavage,
Ah! devroit-on s'exposer davantage
A gémir sous les mêmes Loix ?

A

S CENE DEUXIÉME.

APOLLON, PAN.

PAN.

A Qui vous plaignez-vous de vos nouvelles
chaînes?

APOLLON.

Pan, tu vois les témoins de mes tendres tourments.

Les Prez, les Bois & les Fontaines
Sont les favoris des Amants ;

On paſſe icy d'heureux moments,
Même en s'y plaignant de ſes peines.
Les Prez, les Bois & les Fontaines
Sont les favoris des Amants.

PAN.

Ne ſeront-ils témoins que de vôtre martyre ;
Entendront-ils toûjours vos languiſſants regrets ?
Apollon n'aura-t'il jamais
De plus doux ſecrets à leur dire ?

APOLLON.

J'espere d'être plus heureux ;
Mon malheur n'est pas invincible.
Les yeux charmants d'Issé m'ont demandé mes vœux,
Ah ! ne seray-je pas le plus content des Dieux,
Si son cœur sensible
Est d'accord avec ses yeux !

PAN.

Pourquoy luy déguiser vôtre rang glorieux ?

APOLLON.

Je veux, sans le secours de ma grandeur suprême,
Essayer de plaire en ce jour :
Qu'il est doux d'avoir ce qu'on aime
Par les seules mains de l'Amour !

Mais, je voy la Nymphe paroître.
Il faut contraindre encor mes tendres mouvements,
Cachons-nous à ses yeux, & tâchons de connoître
Quels sont ses secrets sentiments.

SCENE TROSIÉME.

I S S E'.

HEureuſe Paix, tranquille Indifference,
  Faut-il que pour jamais vous ſortiez de mon
    cœur?
Je ſens que ma fierté me laiſſe ſans défenſe;
Rien ne peut me ſauver d'un trop charmant Vain-
    queur;
L'Amour, le tendre Amour force ma reſiſtance.

  Heureuſe Paix, tranquille Indifference,
Faut-il que pour jamais vous ſortiez de mon cœur?
    Je force encor mes regards au ſilence;
Je cache à tous les yeux ma nouvelle langueur;
    Mais que ſert cette violence?
    L'Amour en a plus de rigueur,
    Et n'en a pas moins de puiſſance.

  Heureuſe Paix, tranquille Indifference,
Faut-il que pour jamais vous ſortiez de mon cœur?

SCENE QUATRIÉME.

ISSE', DORIS.

DORIS.

J'Aime à vous voir en ce lieu solitaire,
Il offre mille attraits à des cœurs amoureux;
Vous y venez rêver; c'est un presage heureux,
Qu'enfin Hilas a sçû vous plaire.

Vôtre cœur dés long-temps se devoit à ses feux.
On n'a jamais brûlé d'une ardeur plus fidelle;
Bien-tôt par d'agréables jeux
Il vous en donne encore une preuve nouvelle.

ISSE'.

Helas!

DORIS.

Avant cet heureux jour
Vôtre insensible cœur ignoroit ce langage,
Et ce soûpir est le premier hommage
Que je vous voy rendre à l'Amour.

ISSE'.

Que ne puis-je encor fuir son funeste esclavage!

Mes jours couloient dans les plaisirs,
Je goûtois à la fois la paix & l'innocence,
Et mon cœur satisfait de son indifference,
Vivoit sans crainte & sans desirs :
Mais depuis que l'Amour l'a rendu trop sensible
Les plaisirs l'ont abandonné.
Quel changement ! ô Ciel ! est-il possible ?
Non, ce n'est plus ce cœur si content, si paisible ;
C'est un cœur tout nouveau que l'Amour m'a donné.

DORIS.

Se peut-il que vôtre cœur tremble,
Quand il ne tient qu'à luy d'être heureux dés ce jour ?
Il faut qu'avec Hilas un beau nœud vous assemble,
L'Hymen, pour vous unir, n'attendoit que l'Amour.

Quand un doux penchant nous entraîne,
Pourquoy combatre nos desirs ?
Est-il une plus rude peine
Que de resister aux plaisirs ?

On entend une Symphonie.

I S S E'.

Mais qu'annoncent ces sons ! quel spectacle s'apprête ?

DORIS.

Pourquoy feindre de l'ignorer ?
Ces Concerts sont pour vous ; c'est la nouvelle Fête
Qu'Hilas vous a fait préparer.

SCENE CINQUIEME.

ISSE', DORIS, HILAS.

Suite d'HILAS reprefentant les Nereydes, & les
Nymphes de Diane conduites par l'Amour
& les Plaifirs.

HILAS.

NYmphe, jugez icy de ma flame fidelle,
  Souffrez que, par d'aimable jeux,
  Mon hommage fe renouvelle;
  Et n'oppofez point à mes feux
  Une indifference éternelle.

ISSE'.

La feule indifference affeure un fort heureux?

HILAS.

L'Amour a tout foûmis à fes loix fouveraines,
Il fait fentir fes feux dans l'humide féjour.
Il bleffe de fes traits, il charge de fes chaînes
  La fiere Diane, & fa Cour.
Mais il n'eft pas encor content de fa victoire,
  Le cœur d'Iffé manque à fa gloire.

Aimez, aimez, ne soyez plus rebelle
A de tendres desirs,
Suivez l'Amour qui vous appelle,
Par la voix des Plaisirs.

CHOEUR.

Aimez, aimez, ne soyez plus rebelle
A de tendres desirs,
Suivez, l'Amour qui vous appelle,
Par la voix des Plaisirs.

On danse.

CHOEUR.

Au Dieu d'Amour daignez rendre les armes,
Rien n'est si doux que les tendres soupirs.
Pour d'autres cœurs il garde ses allarmes,
Et ses faveurs suivront tous vos desirs.
Non, non, il faut se rendre,
C'est trop attendre,
L'Amour pour vous reserve ses plaisirs.

Deux NYMPHES, alternativement avec le CHOEUR.

Les doux Plaisirs habitent ce Boccage,
Des plus longs jours ils nous font des moments.
Les Rossignols par leurs concerts charmants,
Le bruit des Eaux, le Zephire & l'ombrage,
Tout sert icy l'Amour & les Amants.

HILAS.

PASTORALE HEROIQUE.

HILAS.

Sans succés, belle Issé, quitteray-je ces lieux ?
Pouvez-vous plus long-temps resister à ma flame ?
Quoy ! l'Amour a-t'il mis tous ses traits dans vos
    yeux ?

N'en a-t'il point gardé pour soûmettre vôtre ame ?
Vous ne répondez rien ? helas ! quelle rigueur !
    Il semble qu'avec ma langueur,
      Vôtre injuste fierté s'augmente.
Ne verray-je jamais la fin de mon malheur ?
Rendrez-vous chaque jour ma chaîne plus pesante ?
Mais c'est trop vous lasser d'une vaine douleur,
    Je vous laisse, Nymphe charmante :
      Songez du moins que vôtre cœur
Ne peut être le prix d'une ardeur plus constante.

ISSE'.

Autant que je le puïs je resiste aux Amours ;
De leurs traits dangereux je redoute l'atteinte :
      Heureuse, si ma crainte
      M'en deffendoit toûjours !

LE CHOEUR.

Aimez, aimez, ne soyez plus rebelle,
A de tendres desirs :
Suivez l'Amour qui vous appelle,
Par la voix des Plaisirs.

Fin du premier Acte.

ACTE SECOND.

Le Théatre repréſente le Palais d'ISSE',
& ſes Jardins.

SCENE PRÉMIERE.

ISSE', DORIS.

ISSE',

Mour, laiſſe mon cœur en paix.
Mille autres ſe feront un plaiſir de ſe
    rendre;
Ne te plais-tu, Cruel, à bleſſer de tes
    traits,
Que ceux qui veulent s'en deffendre?
Mille autres ſe feront un plaiſir de ſe rendre,
    Amour, laiſſe mon cœur en paix.

DORIS.

Je voy Philemon qui s'avance,
Cet aimable Etranger cherche par tout vos yeux ;
Sans doute c'eſt l'amour qui l'ameine en cés lieux.

ISSE'.

Il faut éviter ſa préſence.

SCENE DEUXIÉME.

ISSE', DORIS, APOLLON, PAN.

APOLLON.

BElle Nymphe , arrêtez. D'où vient cette rigueur?
Quelle injuste fierté vous guide?
Helas! par vos mépris , n'abbatez point un cœur
    Qui n'est déja que trop timide.

ISSE'.

Dequoy vous plaignez-vous , & pourquoy m'arréter,
    Berger, qu'avez-vous à me dire?

APOLLON.

    Helas! pouvez-vous en douter?
    Vous entendez que je soûpire.

Vous lisez dans mes yeux le secret de mon cœur;
Je ne puis plus cacher le trouble de mon ame.
    Et mon desordre & ma langueur,
Tout vous fait l'aveu de ma flamme.

Quel silence? quel trouble? ah! vous aimez Hilas?

ISSE'.

Quand mon cœur l'aimeroit , je n'en rougirois pas.

APOLLON.

Vous l'aimez donc ? O Ciel ! quel rigoureux supplice !
En quels maux cet aveu vient-il de me jetter !
Vous l'aimez, c'en est fait, il faut que je perisse ;
Mes jours ne tenoient plus qu'au plaisir d'en douter.

ISSE',

Que vois-je ! à quel erreur vous laissez-vous seduire ?
Non, non, vous n'avez point de Rivaux satisfaits.
Je n'aime point Hilas, c'est en vain qu'il soûpire ;
Non, je ne l'aimeray jamais.

Ah ! que ne puis-je aussi-bien me défendre
D'un trait plus doux dont je me sens fraper !
Mais, que dis-je ? je crains de vous en trop apprendre,
Mon funeste secret est prêt à m'échaper.

APOLLON.

Achevez, belle Issé, rendez-vous à mes larmes ;
Bannissez d'un seul mot mes cruelles allarmes.
Pour qui sont ces tendres soûpirs ?
Ah ! ne suspendez plus mes maux, ou mes plaisirs.

ISSE'.

Cessez, cessez une ardeur si pressante,
Je ne veux plus vous écouter.

APOLLON.

Arrêtez, Nymphe trop charmante.

ISSE'.

Non, laissez-moy vous éviter.

A P O L L O N.
Vous me fuyez, & je vous aime.

I S S E'.
Je fuis l'Amour, quand je vous fuis.

A P O L L O N.
Dissipez le trouble où je suis.

I S S E'.
N'augmentez pas celuy qui m'agite moy-même.

A P O L L O N.
Rendez-vous à mes feux.

I S S E'.
     Ne tentez plus mon cœur.

A P O L L O N.
Pourquoy craindre d'aimer?

I S S E'.
    On doit craindre un Vainqueur.

SCENE TROISIÉME.

PAN, DORIS.

PAN.

NE songez point à m'éviter,
Doris, que leur amour fasse naître le nôtre.
Si vous voulez les imiter,
Mon cœur est prêt, & n'attend que le vôtre.

DORIS.

Les Bergers offrent leur cœur
A la premiere Bergere ;
Ce n'est pas pour eux une affaire
De risquer un peu d'ardeur ;
Mais pour nous, le choix d'un Vainqueur
Est plus dangereux à faire.

PAN.

Avant de nous mieux engager,
Essayez si mon cœur accommode le vôtre ;
S'ils ne sont pas faits l'un pour l'autre,
Il est bien aisé de changer.

DORIS.

Vous parlez, déja d'inconstance,
C'est le moyen de m'allarmer.

PAN.

Par ma sincerité je veux me faire aimer,
Et je parle comme je pense.

Je ne réponds jamais aux Belles
De la constance de ma foy ;
Mais ceux qui promettroient des ardeurs éternelles
Seroient moins sinceres que moy,
Et ne seroient pas plus fideles.

DORIS.

L'Amour n'est point charmant pour de foibles desirs ;
Vous ignorez le poids de ses plus douces chaînes.

PAN.

Je me prive des grands plaisirs,
Pour m'exempter des grandes peines.

PAN, & DORIS.

PAN.   *Il faut traiter l'amour de jeu,*
      Autrement il est trop à craindre ;
      On ne doit point brûler d'un feu
      Qu'il soit difficile d'éteindre.

DORIS.   *Pourquoy traiter l'amour de jeu ?*
      Quels tourments ses nœuds font-ils craindre !

On

PASTORALE HEROIQUE.

On ne doit point brûler d'un feu
Qu'il soit trop facile d'éteindre.

PAN.

O ! vous, qu'on entend chaque jour
Célébrer en ces lieux quelque nouvelle amour,
Habitants fortunez de ces charmants Boccages,
Venez prendre part à mon choix,
Et que Doris apprenne par vos voix,
Qu'il n'est d'heureux Amants que les Amants volages.

SCENE QUATRIÉME.

PAN, DORIS.

Troupes de Bergers, de Bergeres, & de Paſtres.

CHOEUR.

CHangeons toûjours
Dans nos amours,
Heureux un cœur volage !
Changeons toûjours
Dans nos amours,
Nous aurons de beaux jours.
L'Amour veut qu'on s'engage;
Que faire du bel âge,
Sans ſon ſecours?

UN BERGER.

Formez les plus doux nœuds,
Aimez ſans peine,
Formez les plus doux nœuds,
Vivez heureux.

LE CHOEUR.

Formons les plus doux nœuds,
Aimons ſans peine,
Formons les plus doux nœuds,
Vivons heureux.

LE BERGER.

Qui souffre trop d'une inhumaine
Doit aussi-tôt changer ;
C'est en brisant sa chaîne
Qu'il faut s'en vanger.

Formez les plus doux nœuds,
Aimez sans peine,
Formez les plus doux nœuds,
Vivez heureux.

LE CHOEUR.

Formons les plus doux nœuds,
Aimons sans peine,
Formons les plus doux nœuds,
Vivons heureux.

LE BERGER.

Vous, jeunes cœurs, qu'Amour entraîne,
Fuyez les pleurs,
Les soins & les langueurs ;
Allez où le plaisir vous meine.

Formez les plus doux nœuds,
Aimez sans peine,
Formez les plus doux nœuds,
Vivez heureux.

LE CHOEUR.

Formons, &c.

ISSE',
DORIS.

Des Oiseaux de ces lieux charmants
La tendre Echo redit les chants,
L'aimable Flore,
Y fait éclore
Ses nouveaux presens.

De ces eaux, de ces bois naissans,
Le doux murmure,
Et la verdure
Y charment nos Sens.
Tout nous plaît, l'amour suit nos pas,
Ces lieux tranquilles,
Sont les aziles
Des jeux pleins d'appas.
Moments aimables,
Soyez durables,
Ne finissez pas.

Fin du second Acte.

ACTE TROISIÉME.

Le Théatre repréſente la Forêt de DODONE.

SCENE PRÉMIERE.

APOLLON, PAN.

APOLLON.

A Nymphe eſt ſenſible à mes vœux ;
Mais, le dirai-je ? & le pourras-tu
   croire ?
Malgré cette douce victoire,
Je ne ſuis pas encor heureux.

PAN.

Quoy, vous avez fléchi l'Objet qui ſçait vous plaire,
Et vous oſez former d'autres vœux en ce jour !
Apollon croit-il que l'Amour
N'ait que luy ſeul à ſatisfaire ?

ISSE',

APOLLON.

Je ne borne point mes desirs
A l'imparfait bonheur d'une flâme vulguaire ;
Achéve, achéve, Amour, de combler mes plaisirs ;
Tu sçais ce qui te reste à faire.

Et toy, Pan, regarde ces lieux,
Ils doivent dissiper le trouble qui t'étonne.

PAN.

Je voy la fameuse Dodone,
Dont les Chênes mysterieux
Annoncent aux Mortels la volonté des Dieux :
Quel fruit en pouvez-vous attendre ?

APOLLON.

Issé les consulte en ce jour :
Et par l'Oracle qu'ils vont rendre,
Je sçauray si son cœur merite mon amour.
Mais j'apperçois Hilas.

PAN.

Il vient icy se plaindre.
Laissons un libre cours à ses justes douleurs ;
C'est assez de causer ses pleurs,
Sans vouloir encor les contraindre.

SCENE DEUXIÉME.

HILAS.

SOmbres Deserts, témoins de mes tristes regrets,
　　Rien ne manque plus à ma peine.
Mes cris ont fait cent fois retentir ces Forests
　　De la froideur d'une Inhumaine :
Hélas ! que n'est-ce encor le sujet qui m'ameine :
L'Ingrate de l'Amour ressent enfin les traits ;
　　Un perfide penchant l'entraîne.
Sombres Deserts, témoins de mes tristes regrets,
　　Rien ne manque plus à ma peine.

Dieux ! qui l'ameine icy ! les Amours sont ses guides ;
　　J'en sens croître mon desespoir.
Je porte sur ses yeux mille regards timides ;
Ils ont encor sur moy leur rigoureux pouvoir ;
Et tout traîtres qu'ils sont, tout ingrats, tout perfides,
　　Je me plais encore à les voir.

SCENE TROISIÉME.

HILAS, ISSE', DORIS.

HILAS.

CRuelle, vous souffrez icy de ma presence ;
De mes tendres regards, vous détournez vos
yeux.

ISSE',

Je ne m'attendois pas de vous voir en ces lieux.

HILAS.

On évite toûjours un Amant qu'on offense.

ISSE'.

Je viens icy pour consulter les Dieux,
Ne vous opposez point à mon impatience.

HILAS.

Inhumaine, arrêtez ; que craignez-vous ? hélas !
Mes soûpirs & mes pleurs sont toute ma vangeance.

ISSE'.

Oubliez une Ingrate & ne la pleurez pas.

HILAS.

Qui vous forçoit de l'estre à ma perseverance ?

                                        ISSE'.

I S S E',

Accusez-en l'Amour qui m'a fait violence.

H I L A S.

Non, Cruelle, c'est vous qui voulez mon trépas.
   C'est vôtre foible resistance.
Vous bravez la raison qui prenoit ma défense.

I S S E'.

   Quand on suit l'amoureuse Loy,
   Est-ce par raison qu'on aime?
   Vous m'aimez malgré vous-même,
   J'en aime un autre malgré moy.
   Quand on suit l'amoureuse Loy,
   Est-ce par raison qu'on aime?

H I L A S.

C'en est donc fait, Ingrate? ô fort infortuné!
A quels affreux malheurs me vois-je condamné!
   Dieux cruels, Dieux impitoyables;
   Que ne refusez-vous le jour
   A tous ceux que l'Amour
   Doit rendre miserables.

I S S E'.

Dans quel cruel chagrin vous laissez-vous plonger?

H I L A S.

   La pitié que vous voulez feindre
   Ne sert encor qu'à m'outrager.
   C'est une cruauté de plaindre
   Des maux que l'on peut soulager.

D

I S S E'.

Je vois avec douleur le tourment qui vous preſſe ;
Un autre ſentiment n'eſt pas en mon pouvoir.

H I L A S.

Ne me plaignez donc point, vôtre pitié me bleſſe ;
C'eſt un mépris pour moy , puiſqu'elle eſt ſans ten-
dreſſe.

I S S E'.

Je vais vous épargner le chagrin de la voir.

H I L A S.

Non , non, Ingrate que vous êtes ,
Vous n'echaperez point à mes juſtes regrets.
Ne croyez pas que je vous laiſſe en paix
Joüir des maux que vous me faites.
J'auray du moins , malgré vos mépris odieux ,
Le funeſte plaiſir de m'en plaindre à vos yeux.

Il ſuit I s s E' qui va avertir les Miniſtres.

SCENE QUATRIÉME.

PAN, DORIS.

PAN.

Doris, je vous cherche en tous lieux,
Sans cesse mon amour accroît sa violence.
Mon cœur trop épris de vos yeux
N'est content qu'en vôtre presence.

DORIS.

Il sembleroit en ce moment
Que vôtre amour seroit extrême.
Il s'est augmenté promptement,
Mais il s'affoiblira de même.

PAN.

Ah ! pourquoy prenez-vous cet injuste détour ?
Faut-il dans l'avenir me chercher une offense ?
Ingrate, en voyant mon amour,
Pourquoy prévoir mon inconstance ?

DORIS.

Non, je ne veux jamais partager vos desirs,
Mon cœur craint trop de faire un Infidele:
La peine qui suit les plaisirs
N'en est que plus cruelle.

PAN.

Vous vous consoleriez dans une amour nouvelle
De la perte de mes soûpirs.

Le moment qui nous engage
Est un agréable moment ;
Mais celuy qui nous dégage
Ne laisse pas d'être charmant.

Croyez-moy, bannissez une crainte inquiéte,
Doris, laissez-moy vivre heureux sous vôtre loy.

DORIS.

Voulez-vous que j'accepte une volage foy,
Moy, qui brûlay toûjours d'une flâme parfaite ?

PAN.

Eh-bien, vous ferez avec moy
L'essay d'une douce amourette.

L'amour n'aura pour nous que de charmants appas,
Nous briserons nos fers quand nous en serons las.

DORIS.

Eh-bien, à vôtre amour je ne suis plus rebelle,
Et je consens enfin à m'engager.
Voyons dans notre ardeur nouvelle,
Si vous m'apprendrez à changer,
Ou si je vous rendray fidele.

PAN & DORIS.

Cedons à nos tendres desirs,
Qu'un heureux penchant nous entraîne ;
Et que l'Amour laisse aux Plaisirs
Le soin de serrer nôtre chaîne.

PAN.

Mais on vient en ces lieux ; suspendons nos soûpirs.

SCENE CINQUIÉME.

ISSE', PAN, DORIS, LES PRESTRES, ET PRESTRESSES DE DODONE.

LE GRAND PRESTRE.

Ministres revérez, de ces lieux solitaires,
Vous, qu'une sainte ardeur retient en ce séjour,
Commencez avec moy nos augustes Mysteres,
Qu'Issé sçache le sort que luy garde l'Amour.

LE CHOEUR.

Commençons nos Mysteres ;
Qu'Issé sçache le sort que luy garde l'Amour,

LE GRAND PRESTRE.

Arbres sacrez, Rameaux mysterieux,
Troncs celebres, par qui l'avenir se révele,
Temple, que la Nature éleve jusqu'aux Cieux,
A qui le Printems donne une beauté nouvelle ;
Chênes divins, parlez tous,
Dodone, répondez nous.

LE CHOEUR.

Chênes divins, parlez tous,
Dodone, répondez nous.

ISSE',
LE GRAND PRESTRE.

Mais déja chaque branche agite sa verdure,
Les arbres semblent s'ébranler :
Chaque feüille murmure ,
L'Oracle va parler.

L'ORACLE.

Issé doit s'enflâmer de l'ardeur la plus belle.
Apollon veut être aimé d'elle.

ISSE' à part.

O Ciel ! quel Oracle pour moy ,
Que d'affreux malheurs je prévoy !

LE GRAND PRESTRE.

Driades & Silvains, venez luy rendre hommage ;
Honorez Apollon dans celle qui l'engage.

SCENE SIXIÉME.

ISSE', PAN, DORIS, LES PRESTRES ET PRESTRESSES DE DODONE.

Troupes de Faunes, de Satyres & de Driades.

LE CHOEUR.

CHantons, chantons Issé, chantons ses traits vain-
queurs;
Celebrons ses beaux yeux, maîtres de tous les cœurs.

Les Silvains & les Driades témoignent leur joye par des
Danses & des Chansons.

UNE DRIADE.

Icy les tendres Oiseaux
Goûtent cent douceurs secrettes,
Et l'on entend ces côteaux
Retentir des chansonnettes.
Qu'ils apprennent aux Echos.

Sur ce Gazon les Ruisseaux
Murmurent leurs amourettes;
Et l'on voit jusqu'aux Ormeaux
Pour embrasser les Fleurettes,
Pencher leurs jeunes rameaux.

UNE AUTRE DRIADE, à Issé.

Cedez, & remportez une douce victoire.
Joignez aux charmes de la gloire
Le plaisir touchant de l'amour.
Rendez vôtre triomphe aussi doux que durable,
Vous enchaînez le Dieu le plus aimable;
Qu'il vous enchaîne à vôtre tour.

Fin du troisiéme Acte.

ACTE QUATRIÉME.

Le Théatre repréſente une Grotte.

SCENE PRÉMIERE.

ISSE'.

*Uneſte Amour, ô tendreſſe inhumaine!*
Pourquoy vous inſpirois-je au cœur
    d'un Dieu jaloux ?
J'aurois mieux aimé ſon courroux,
Je craignois cent fois moins ſa haîne.
    Quel deſtin pour moy ? quelle peine !

On entend une eſpéce d'Echo qui luy répond.

Qu'entends-je ? quelle voix ſe mêle à mes ſanglots?
Qui me répond icy ? ſeroient-ce les Echos ?

E

Hélas ! ne cessez point de partager ma plainte,
   Plaignez l'état où je me vois ;
Soûpirez des tourments dont je me sens atteinte,
Et gemissez du sort qui s'oppose à mon choix.

Vainement, Apollon, vôtre grandeur suprême
Fera luire à mes yeux ce qu'elle a de plus doux ;
   Je ne changeray pas pour vous
   Le fidele Berger que j'aime.

   Mais quel Concert harmonieux
Vient troubler le silence & la paix de ces lieux ?

SCENE DEUXIÉME.

ISSE'.

LE SOMMEIL accompagné des Songes,
de Zephirs, & de Nymphes.

CHOEUR.

BElle Iffé, *suspendez vos plaintes ;*
Goûtez les charmes du répos.
Le Sommeil, pour calmer vos craintes,
Vous offre ses plus doux pavots.

ISSE'.

Qui vous interesse à ma peine ?
Apprenez moy du moins quel ordre vous ameine.
Quel Dieu propice est touché de mes maux.

CHOEUR.

Belle Iffé, &c.

ISSE'.

C'en est fait ; le répos va suspendre mes larmes ;
En vain la douleur que je sens
Veut me défendre de ses charmes.
Le Sommeil malgré moy s'empare de mes sens.

LE SOMMEIL.

Songes, pour Apollon, signalez vôtre zele,
Il veut de cette Nymphe, prouver tout l'amour.
Tracez à ses esprits une image fidelle
De la gloire du Dieu du jour.

SCENE TROISIÉME.

ISSE' endormie, HILAS.

HILAS.

QUe vois-je? c'eſt Iſſé qui repoſe en ces lieux!
J'y venois pour plaindre ma peine:
Mais mes cris troubleroient ſon répos précieux ;
Renfermons dans mon cœur une triſteſſe vaine.

Vous Ruiſſeaux amoureux de cette aimable Plaine,
Coulez ſi lentement, & murmurez ſi bas,
Qu'Iſſé ne vous entende pas.

Zéphirs, rempliſſez l'air d'une fraîcheur nouvelle,
Et vous Echos, dormez comme elle.

Que d'attraits! que d'appas! contentez-vous mes
yeux,
Parcourez tous ſes charmes,
Payez-vous, s'il ſe peut, des larmes
Que vous avez verſé pour eux.

ISSE' ſe reveillant.

Qu'ay-je penſé! quel ſonge eſt venu me ſéduire?
J'ay crû voir Apollon quitter les cieux pour moy ;
Je me trouvois ſenſible à l'ardeur qui l'inſpire ;
Un mutuel amour engageoit nôtre foy.

Hélas! cher Philemon, pour qui seul je soûpire,
Ne me reprochez point ces Songes impuissans,
Mon cœur n'a point de part à l'erreur de mes sens.

HILAS.

Ciel! qu'entends-je & le puis-je croire?
Quoy? le tendre Apollon qui veut vous engager,
Ne peut à mon Rival arracher la victoire.
Quand vous charmez un Dieu vous aimez un
    Berger?
Et j'ay contre ma flâme & l'amour & la gloire.

C'en est trop. Il faut fuir vos funestes attraits.
Je vais traîner ailleurs une mourante vie.
L'Amour ne m'offre icy que de cruels objets.
Vos feux, mon desespoir, ma constance trahie,
Cruelle, tout m'engage à ne vous voir jamais.

ISSE.

Que je plains les malheurs dont sa flâme est suivie!

SCENE QUATRIEME.

ISSE', PAN.

PAN.

PHilemon, belle Iſſé, ſouffre un ſort rigoureux,
L'Oracle l'étonne & l'allarme.
Il craint qu'infidelle à ſes vœux,
Ce qui l'afflige ne vous charme.

ISSE'.

Où pourai-je le rencontrer?
Je brûle de détruire un ſoupçon qui m'outrage.

PAN.

Je l'ay laiſſé dans le prochain Boccage.

ISSE'.

Vole, Amour, ſuy mes pas, & vien le raſſûrer.

ACTE CINQUIÉME.

Le Théatre repréſente une Solitude.

SCENE PREMIERE.

DORIS.

Hantez Oiſeaux , chantez ; que vôtre
    ſort eſt doux !
Vous ne brûlez jamais que d'ardeurs
    mutuelles :
Vous êtes amoureux , & n'eſtes point
    jaloux.

Chantez Oiſeaux , chantez ; que vôtre ſort eſt doux!
    Le ſeul plaiſir vous rend fideles ,
On n'eſt heureux , qu'en aimant comme vous.

Chantez Oiſeaux , chantez ; que vôtre ſort eſt doux!

SCENE DEUXIÉME.

PAN, DORIS.

PAN.

Quel sujet a conduit Doris en ce Boccage?

DORIS.

J'y viens réver à vôtre humeur volage,
Vous vous laſſez bien-tôt d'être dans mes liens;
Un nouvel Objet vous engage,
Et vous cherchez déja d'autres yeux que les miens.

PAN.

Surquoy prenez-vous ces allarmes?

DORIS.

Non, je n'en doute point, vous aimez d'autres
charmes.
Je vous ay vû ſuivre les pas
De la jeune Temire:
Si vous la trouviez ſans appas,
Qu'aviez-vous à luy dire?

PAN.

Je luy diſois que pour nous aimer bien,
Il faut banir le reproche & la crainte.
Un cœur jaloux n'eſt pas fait pour le mien,
Et je veux aimer ſans contrainte.

Mais

Mais vous qui vous troublez par d'injustes soucis,
Que disiez-vous au jeune Iphis ?

DORIS.

Je luy disois qu'un cœur volage
Ne pourra jamais m'engager :
He ! que ferois-je d'un Berger,
De qui la flâme se partage ?

PAN.

Vous m'avez entendu, Doris, je vous entends.
Eh-bien, n'affectons point une constance vaine.
Nos cœurs ne sont pas faits pour une même chaîne ;
Choisissons d'autres fers, dont ils soient plus contents.

ENSEMBLE.

Nos cœurs ne sont pas faits pour une même chaîne ;
Choisissons d'autres fers, dont ils soient plus contents.

PAN.

Heureuse mille fois, heureuse l'inconstance !
Le plus charmant amour
Est celuy qui commence
Et finit en un jour.
Heureuse mille fois, heureuse l'inconstance !

Mais j'apperçoy la Nymphe, & Philemon s'avance.

SCENE TROISIÉME.

APOLLON, ISSE', PAN, & DORIS.

APOLLON.

NOn, je ne puis me raßûrer ;
  Par vos sermens & par vos larmes
Vous tâchez vainement de bannir mes allarmes :
  Non, je ne sçaurois esperer
  Que vous vouliez me preferer
Au Dieu puissant qui se rend à vos charmes.

ISSE'.

  Croiray-je, Ingrat, que vous m'aimez,
  Si vous refusez de me croire ?

APOLLON.

  Les nœuds que l'Amour a formez
  Vont être brisez par la Gloire.
  Pardonnez mes transports jaloux ;
J'ay tout à redouter, puisqu'elle est ma Rivale.

ISSE'.

Je ne la connois point cette Gloire fatale,
Mon cœur ne reconnoît que vous.

  Je le disois à cette Solitude,
      Elle sçait mes tourments secrets ;
Que ne peut-elle, helas ! repeter mes regrets,
      Pour vous tirer d'inquiétude !

C'eſt moi qui vous aime
Le plus tendrement.
Si vous m'aimez de même,
Mon ſort ſeroit charmant.
C'eſt moi qui vous aime
Le plus tendrement.

APOLLON.

Non, non, vous m'oublirez pour la grandeur ſuprême.

ISSE'.

Que vos ſoupçons me font ſouffrir.
Ciel ! ne puis-je vous en guerir ?

Appollon, en ces lieux hâtez-vous de paroître :
Par des attraits pompeux, tâchez de m'attendrir.
Ce Berger de mon cœur ſera toûjours le maître,
Et les vœux éclatans que vous viendrez m'offrir
Ne ſerviront .... helas ! qu'oſay-je dire !
Mes tranſports indiſcrets preſſent vôtre malheur.
Ce Dieu qu'un vain amour inſpire
Se vangera ſur vous du refus de mon cœur.

Mais que vois-je ? quelle Puiſſance,
En un Palais ſuperbe, a changé ce ſéjour.

Le Théatre change & repreſente un Palais magnifique;
On voit les Heures qui deſcendent du Ciel
ſur des Nuages.

 I S S E';

APOLLON.

Je vois les Heures, leur presence
Nous annonce le Dieu du jour.

ISSE'.

Ah fuyons, cher Amant! qui pouroit nous deffendre
De la fureur d'un Dieu jaloux?

APOLLON.

Non, je veux le fléchir ou mourir sous ses coups.

ISSE'.

A quel frivole espoir vous laissez vous surprendre?
Fuyons, derobons nous tous deux à son couroux.

APOLLON.

Nos pleurs l'attendriront.

ISSE'.

Je tremble, je frissonne.

APOLLON.

Croyez-en mon espoir, plutôt que vôtre effroy.

ISSE'.

Ingrat, veux tu perir?

APOLLON.

Que rien ne vous étonne.

ISSE'.

Oste moi donc l'amour dont je brûle pour toy.
Je ne me connois plus, la raison m'abandonne,
Joüi, Cruel, joüi du trouble où je me vois;

Un desespoir affreux de mes esprits s'empare.
Ciel! où suis-je? que vois-je! arrestez Dieu barbare.
Où portez-vous vôtre injuste fureur?
Epargnez mon Amant, percez plutôt mon cœur.....

APOLLON.

Ah! je suis Apollon

ISSE.

Vous?

APOLLON.

Nymphe trop fidelle,
Issé, pardonnez-moi cette épreuve cruelle.

ISSE.

Vous, Apollon? malgré les maux que j'ay soufferts,
Si vous m'en aimez mieux; que ces maux me sont chers!

ENSEMBLE.

Quel triomphe! quelle victoire!
L'Amour met sous mes loix {l'Objet / le Dieu} le plus charmant.
Que nos cœurs à jamais se disputent la gloire
De s'aimer le plus tendrement.
Quel triomphe! quelle victoire!

APOLLON.

Heures, marquez l'instant de ma felicité.
Vous Mortels, accourez, célebrez la Beauté
La plus tendre & la plus fidele.
L'Amour forme pour nous une chaine éternelle.
Venez, applaudissez à mes heureux soûpirs;
Pour prix de mes bien-faits, célebrez mes plaisirs.

SCENE IVME. ET DERNIERE.

APOLLON, ISSE', PAN, & DORIS.

Troupes d'Européens, d'Européennes, de Chinois,
d'Ameriquains, d'Ameriquaines, d'Egyptiens,
& d'Egyptiennes.

CHOEUR.

QUe tes plaisirs sont doux ! que ta gloire est extrême !
  Que ta félicité dure autant que toy-même.

UNE EUROPE'ENNE,
alternativement avec le CHOEUR.

Ah ! que d'attraits suivront vôtre tendresse !
Que de plaisirs naîtront de vos amours !

Aimez sans cesse,
Tout vous en presse ;
Que vos feux redoublent toûjours !
Aimez sans cesse,
Tout vous en presse ;
Sans amours,
Est-il de beaux jours ?

UN AMERIQUAIN.

Peut-on jamais
Braver l'Amour & sa puißance ?
Peut-on jamais
Vaincre l'Amour & ses attraits ?

Quels lieux un cœur peut-il chercher pour sa défense,
Nous le fuyons dans les Forêts,
Il nous y suit avec ses traits.
Suivons ses vœux, dequoy nous sert la resistance ?
Il sçait porter des coups certains,
Le sort des cœurs est dans ses mains.

CHOEUR.

Que tes plaisirs sont doux! que ta gloire est extrême!
Que ta felicité dure autant que toy-même.

Fin du cinquiéme & dernier Acte.

PRIVILEGE GENERAL.

LOUIS PAR LA GRACE DE DIEU, ROY DE FRANCE ET DE NAVARRE: à nos amez & feaux Conseillers, les Gens tenant nos Cours de Parlement, Maîtres des Requêtes ordinaires de nôtre Hôtel, Grand Conseil, Prévôt de Paris, Baillifs, Senéchaux, leurs Lieutenants Civils, & à tous autres nos Justiciers qu'il appartiendra, SALUT: Nôtre bien amé le Sieur JEAN NICOLAS DE FRANCINI, l'un de nos Conseillers, Maître d'Hôtel ordinaire, interessé conjointement avec le Sieur HYACINTHE DE GAUREAULT Sieur DE DUMONT, l'un de nos Ecuyers ordinaires, & de nôtre tres-cher & bien amé Fils le Dauphin, au Privilege que nous leur avons accordé, pour l'Academie Royale de Musique, par nos Lettres Patentes du 30. Decembre 1698. Nous ayant fait remontrer qu'il desiroit donner au Public un RECUEIL GENERAL DES OPERA, REPRESENTEZ PAR L'ACADEMIE ROYALE DE MUSIQUE, DEPUIS SON ETABLISSEMENT, ET QUI SERONT REPRESENTEZ CY-APRE'S, s'il nous plaisoit luy accorder nos Lettres de Privilege sur ce necessaires, attendu les grandes dépenses qu'il convient faire, tant pour l'Impression que pour la Gravure en Taille-douce des Planches dont ce Livre sera orné. Nous avons permis & permettons, par ces presentes audit Sr DE FRANCINI, de faire imprimer ledit RECUEIL par tel Imprimeur, & en telle forme, marge, caractere que bon luy semblera, en un ou plusieurs Volumes, conjointement ou separément, & de le faire vendre & distribuer dans tout nôtre Royaume, pendant le temps de six années consecutives, à compter du jour de la datte des présentes. FAISONS DEFENSES à tous Imprimeurs, Libraires, & à tous autres de quelque qualité & condition qu'ils puissent être, de contrefaire ledit RECUEIL en tout, ni en partie; ni même les Planches & Figures qui l'accompagnent, & d'en faire venir ni vendre d'impression étrangere, sans le consentement par écrit de l'Exposant, ou de ceux à qui il aura transporté son Droit, à peine de trois mille livres d'amende contre chacun des contrevenants; dont un tiers à l'Hôtel-Dieu de Paris, un tiers à l'Exposant, & l'autre au Dénonciateur, de confiscation des Exemplaires contrefaits, que nous voulons être saisies par tout où ils se trouveront, & de tous dépens, dommages & interests: à la charge que ces présentes seront registrées és Registres de la Communauté des Imprimeurs & Libraires de Paris, que l'impression desdits Opera, sera faite dans nôtre Royaume, & non ailleurs, & ce en bon papier & en beau Caractere conformement aux Reglements de la Librairie, & qu'avant que de l'exposer en vente, il en sera mis deux Exemplaires dans nôtre Bibliotheque publique, un dans le Cabinet des Livres de nôtre Château du Louvre, & un dans celle de nôtre tres-cher & feal Chevalier Chancellier de France le Sieur Phelypeaux, Comte de Pontchartrain, Commandeur de nos Ordres; le tout à peine de nullité des présentes : du contenu desquelles, nous vous mandons & enjoignons de faire joüir l'Exposant, ou ses ayants cause pleinement & paisiblement, sans souffrir qu'il leur soit fait aucun trouble ou empéchement. VOULONS que la copie de ces présentes, qui sera imprimée, dans ledit Livre, soit tenuë pour bien & dûement signifiée, & qu'aux copes collationnées, par l'un de nos amez & feaux Conseillers-Secretaires, foy soit ajoûtée comme à l'Original. COMMANDONS au premier nôtre Huissier ou Sergent sur ce requis, de faire pour l'exécution des présentes, tous Actes requis & necessaires, sans demander autre permission, nonobstant Clameur de Haro, Charte Normande, & Lettres à ce contraires : CAR tel est nôtre plaisir. DONNE' à Versailles le dixiéme jour de Juin, l'An de grace 1703. Et de nôtre Regne, le soixante-uniéme. Par LE ROY, en son Conseil. Signé, LE COMTE, avec Paraphe, & scellé.

Ledit Sieur DE FRANCINI a fourny le present Privilege à *Christophe Ballard*, seul Imprimeur du Roy pour la Musique, pour en joüir en son lieu & place, suivant leurs conventions.

Registré sur le Livre de la Communauté des Imprimeurs & Libraires, conformément aux Reglements. A Paris le 12. Juin 1703. Signé TRABOUILLET, *Syndic.*

www.ingramcontent.com/pod-product-compliance
Ingram Content Group UK Ltd.
Pitfield, Milton Keynes, MK11 3LW, UK
UKHW021118140726
13695UKWH00004B/1570